## Hueber
# *Lese-Novelas*

# Julie, Köln

von Thomas Silvin

Hueber Verlag

3.   2.   1.                    Die letzten Ziffern
2011   10   09   08   07   |   bezeichnen Zahl und Jahr des Druckes.
Alle Drucke dieser Auflage können, da unverändert,
nebeneinander benutzt werden.
1. Auflage
© 2007 Hueber Verlag, 85737 Ismaning, Deutschland
Umschlaggestaltung: Susanne Länge, Ismaning
Umschlagfoto: Personen: Gerd Pfeiffer, München, Kölner Dom: ©Köln
                Tourismus/Günther Ventur
Satz und Layout: Susanne Länge, Ismaning
Druck und Bindung: druckhaus Köppl und Schönfelder, Stadtbergen
Printed in Germany
ISBN-10        3-19-301022-7
ISBN-13    978-3-19-301022-3

### Kapitel 1

Julie ist auf einer Party.
Sie trinkt einen Mojito.
Alle Männer sehen auf Julie.
Julie möchte tanzen.

### Kapitel 2

Die Party ist eine Retro-Party.
Die Musik ist Disco-Musik.
Auf einem gigantischen Monitor läuft
„Saturday Night Fever" mit John Travolta.
Julie findet Disco-Musik super.

### Kapitel 3

An der Bar steht Tom.
Tom ist Julies Freund.
Tom trinkt Bier.
Er spricht mit einem Mann.
Julie denkt: Das Thema ist sicher: Fußball.

### Kapitel 4

Julie möchte tanzen.
Aber Tom tanzt nicht.
Seine Interessen sind Fußball, Bier und sein
Auto. Alle Männer sehen auf Julie.

### Kapitel 5

Julie trinkt Mojito Nummer zwei.

Der Alkohol relaxt.

Das ist gut.

Alle Männer sehen auf Julie!

### Kapitel 6

Julie geht zur Bar.

Alle Männeraugen folgen ihr.

Alle Frauenaugen folgen den Männeraugen.

Und alle Frauen sind wütend auf Julie.

### Kapitel 7

Julie sieht zu Petra.

Petra ist Julies Freundin

Petra steht bei einem Fenster und spricht
mit einer Frau.

Julie denkt: Das Thema ist sicher: Literatur.

Petra studiert Literatur an der Universität zu
Köln.

### Kapitel 8

Ein Mann kommt zu Julie.

Er trägt Cowboy-Stiefel und einen Goldring.

Der Mann fragt: „Möchtest du tanzen?"

Julie denkt: Der Typ ist primitiv!

Sie sagt: „Nein!"

## Kapitel 9

Ein Mann kommt.

Er trägt eine Jeans-Weste und hat lange Haare.

Der Mann sagt: „Komm! Tanz mit mir!"

Julie denkt: Keine Hardrock-Typen!

Sie sagt: „Ich möchte nicht!"

## Kapitel 10

Ein Mann kommt.

Er trägt Anzug und Krawatte.

Der Mann sagt: „Möchten Sie tanzen?"

Julie denkt: Keine Manager-Typen!

Sie sagt: „Nein danke!"

## Kapitel 11

Julie denkt: Was soll ich machen? Alle tanzen, nur Tom tanzt nicht. Und Petra tanzt nicht. Aber ich möchte tanzen!

## Kapitel 12

Ein Mann kommt.

Er ist alt, braun vom Sonnenstudio und stinkt nach Geld.

Der Mann sagt: „Möchte die Dame tanzen?"

Julie denkt: Keine Porschefahrer-Typen!

Sie sagt: „Nein!"

## Kapitel 13

Ein Mann kommt.

Er ist circa dreißig Jahre alt.

Julie denkt: Zu alt für mich!

Der Mann hat lange Haare.

Julie denkt: Interessant!

Er trägt eine Designer-Brille.

Julie denkt: Die Brille ist cool!

## Kapitel 14

Der Mann sagt: „Guten Abend! Mein Name ist Marc Bischof."

Julie ist irritiert.

„Ich heiße Julie."

Der Mann sagt: „Ich arbeite im Mode-Business. Kann ich einen Moment mit Ihnen sprechen?"

## Kapitel 15

Julie fragt: „Kennen Sie Claudia Schiffer und Heidi Klum?"

„Klar!", sagt der Mann.

„Ist Claudia Schiffer naturblond?"

Der Mann lacht. „Alle Top-Models haben ihre Tricks!"

„Ist Heidi Klum sympathisch?"

„Ja, sie ist sympathisch. Aber im Business ist sie hart."

### Kapitel 16

Der Mann sagt: „Julie, gehen wir auf die
Terrasse? Da können wir besser sprechen."
„Ja", sagt Julie. „Die Musik ist laut."
Sie gehen auf die Terrasse.
Von der Terrasse kann man ganz Köln
sehen.
Sie sehen den Dom und den Rhein.
Die Lichter der Stadt tanzen im Wasser.

### Kapitel 17

Auf der Terrasse ist auch der Hardrock-Typ.
Er spricht mit einer Hardrock-Frau.
Die Frau trägt Jeans und Cowboy-Stiefel.
Sie lacht laut.
Beide trinken Whisky-Cola.
Sie rauchen Zigaretten.

### Kapitel 18

Der Mann mit der coolen Brille fragt: „Julie,
können wir Du sagen?"
„Okay, Marc", sagt Julie.
„Möchtest du einen Champagner trinken?"
„Gerne."
Der Champagner kommt.
Sie trinken.

### Kapitel 19

Julie fragt: „Und? Was ist?"

Marc sagt: „Julie! Du bist eine schöne Frau!"

Julie wird nervös. „Und?"

„Du bist eine extrem schöne Frau!"

Julie trinkt Champagner.

„Alle Männer sehen auf dich!"

Marc trinkt sein Champagnerglas leer.

„Und du bist blond! So blond wie Claudia Schiffer!"

Julie zieht die Augenbrauen zusammen. Will sie sein wie Claudia Schiffer?

### Kapitel 20

„Julie? Alles okay?"

Das ist Tom!

Er hat ein Bierglas in der Hand.

Tom fragt: „Gibt es Probleme?"

„Nein, nein, Tom!", sagt Julie.

### Kapitel 21

Tom ist groß und hat einen perfekten Body.

Er trägt ein Muscle-Shirt.

Er geht jeden Tag ins Fitness-Studio.

Auf dem rechten Arm ist ein Tattoo.

Auf dem Tattoo sind: Ein amerikanisches Auto, ein Motorrad, eine Gitarre, ein Herz und eine Sonne. Und die Worte: I'm a sledgehammer!

### Kapitel 22

„Gibt es wirklich keine Probleme?"

„Nein!", sagt Julie.

Tom fragt: „Wer ist der Typ?"

„Mein Name ist Marc."

Tom trinkt sein Bier auf ex.

### Kapitel 23

Tom sagt: „Marc, welches Auto fährst du?"

Julie ruft: „Tom! Mein Gott!"

Tom sagt: „Warum? Das Auto sagt alles über den Charakter eines Mannes!"

Julie ruft: „Das ist Primitiv-Psychologie!"

### Kapitel 24

Marc sagt: „Ich fahre einen Mini Cooper."

Tom fragt: „Cabrio?"

„Ja natürlich!"

Tom nickt. „Mini Cooper ist ein bisschen intellektuell. Aber Mini Cooper geht klar. Der Typ ist okay!"

Julie sagt ironisch: „Ein Glück!"

Tom hebt die Hände. „Baby! Ich möchte nur nicht, dass du mit einem Ford-Typen sprichst!"

## Kapitel 25

Julie sagt ironisch: „Marc möchte sicher NICHT wissen, welches Auto DU fährst!"
Tom hebt die Arme. „Doch! Marc möchte auch wissen, wer Tom ist."
Marc sagt: „Tom! Welches Auto fährst du?"
Tom antwortet: „Ich fahre einen Mercedes S-Klasse!"
„Mit Aluminium-Felgen?"
„Logisch, Mann!"
Tom sagt zu Julie: „Siehst du! Der Typ ist okay!"
Julie sagt: „Mein Gott!"
Tom: „Alles in Ordnung! Ihr könnt weiter sprechen! Ich trinke noch ein Bier."

## Kapitel 26

Tom geht zurück zur Party.
Die Hardrock-Frau lacht wieder laut.
Ihre Augen folgen Toms muskulösen Armen.
Der Hardrock-Typ neben ihr ist wütend.
Er hat keine Muskeln wie Tom.
Er hat einen Bierbauch.

## Kapitel 27

Julie fragt Marc: „Was möchtest du von mir?"
„Ich mache ein TV-Casting für Top-Models.
Ich suche schöne Frauen!"
„Oh! Für dich sind Frauen also nur
Objekte!"
Marc hebt die Hände. „Nein, nein!"
„Dich interessiert nur meine Figur!"
Julie ist wütend.
Sie ruft: „Nur Optik, Optik, Optik! Und
mein Charakter?"

## Kapitel 28

Marc hebt die Arme. „So simpel ist das
nicht! Wirklich schöne Frauen haben mehr
als eine gute Optik! Sie haben etwas Spe-
zielles!"
Julie wartet.
„Julie! Du bist zum Top-Model geboren!"
„Marc, meinst du wirklich?"

## Kapitel 29

Marc sagt: „Du kannst deine Schönheit
nicht ignorieren."
Julie sagt: „Manchmal denke ich, ich sollte
eine Schönheitsoperation machen. Um nicht
mehr so schön zu sein!"

Marc sagt: „Ein Casting – das ist doch nur ein Test. Wenn du es blöd findest ... kannst du gehen."

„Vielleicht sollte ich es probieren."

„Absolut! Dein Körper ist dein Kapital! Vergiss das nicht!"

## Kapitel 30

Der Himmel ist klar.

Die Sterne glitzern.

Der Dom liegt da wie ein schwarzer Koloss.

Er ist eine der größten Kathedralen der Welt.

Marc fragt: „Julie, möchtest du mit mir tanzen?"

„Gerne!" sagt Julie.

Jetzt ist sie happy.

## Kapitel 31

„Aber ...", sagt Marc.

„Was denn?", fragt Julie.

„Kannst du noch eine spezielle Sache für mich machen?"

„Was denn?"

„Hochspringen!"

Julie fragt: „Wie? Hochspringen?"

„Ja. Springen! Kannst du einmal hochspringen?"

„Aber ... warum? Ich verstehe nicht!", sagt
Julie.

### Kapitel 32

Marc sagt: „Das ist ein kleiner Test. Beim
Hochspringen kann ich sehen: Wie perfekt
ist ein Körper?"
Julie ist total erstaunt. „Aber ..."
„Alle sind gesprungen: Claudia Schiffer,
Heidi Klum, Naomi Campbell ... Glaub mir,
ich habe alle springen sehen."
„Aber jetzt? Hier? Hier auf der Terrasse?"
„Warum nicht? Das ist ein gutes Training für
ein Top-Model!"

### Kapitel 33

„Warum nicht ...", sagt Julie resigniert.
Sie springt!
„Klasse!", ruft Marc. „Erste Klasse! Der
perfekte Body!"
Er ist total happy!
„Komm! Jetzt gehen wir tanzen!"

## Kapitel 34

Julie und Marc gehen zurück auf die Party.

Viele Leute tanzen.

Einige Männer tragen einen weißen Anzug

wie John Travolta.

Eine Japanerin sieht aus wie Olivia Newton-

John.

Sie tanzt den Disco-Stil perfekt.

## Kapitel 35

Julie und Marc beginnen zu tanzen.

Marc tanzt sehr gut.

Petra steht allein beim Fenster.

Sie tanzt nicht.

Die Männer haben kein Interesse, mit Petra

zu tanzen.

Petra ist nicht schön.

## Kapitel 36

Tom spricht mit dem Hardrock-Typen.

Er zeigt ihm seine Armmuskeln.

Tom kennt jeden Muskel an seinem Arm.

Mit lateinischem Namen!

## Kapitel 37

Petra sieht auf Tom und denkt: Tom ist zu

Asi für Julie.

Tom weiß das.

Aber Tom ist nicht dumm.

Er geht zu Petra und fragt: „Möchtest du mit mir tanzen?"

## Kapitel 38

Tom und Petra tanzen.

Petra ist total glücklich.

Julie ist wütend.

Sie denkt: Mit mir tanzt Tom nie! Dieser Tanz mit Petra ist pure Taktik!

Sie tanzt noch intensiver mit Marc.

## Kapitel 39

Tom tanzt mit Petra drei Songs.

Julie und Marc tanzen zwei Stunden.

Dann kommt Tom und sagt: „Julie! Komm! Wir gehen!"

Marc sagt: „Tschüs!"

## Kapitel 40

Julie und Tom gehen zum Auto.

Tom macht das Autoradio an.

Im Auto hört er immer Hip-Hop.

Er sagt: „Hip-Hop ist hart und realistisch wie die Realität. Disco, das ist Kindergarten-Musik."

### Kapitel 41

Tom fährt auf den Ring.

Auf dem Ring ist am Wochenende immer „Action".

Es gibt viele Diskotheken und Kneipen.

Die Leute sind laut.

Sie trinken auf der Straße und sind ein bisschen aggressiv.

### Kapitel 42

Tom drückt auf einen Knopf.

Auf Julies Seite geht das Fenster auf.

Julie fragt: „Warum machst du das?"

Tom antwortet: „Die Leute sollen dich sehen, Baby! Du siehst fantastisch aus!"

Tom macht die Musik lauter.

„Warum machst du das?"

„Die Leute sollen meine Musik hören! Meine Musik ist cool!"

### Kapitel 43

Tom schreit wie ein Cowboy: „Yiepiiie!"

Er gibt Gas.

Und fährt mit hundertzwanzig bis zur nächsten Ampel.

„Na toll!", schreit Julie irritiert.

## Kapitel 44

Tom und Julie gehen in eine Diskothek.

Tom fragt Julie: „Möchtest du noch einen Mojito?"

„Nein danke. Lieber ein Mineralwasser."

Tom trinkt einen Whisky.

Julie sagt: „Tom, ich möchte dir etwas sagen."

Sie erzählt Tom von Marcs Projekt.

## Kapitel 15

Tom hört zu und trinkt Whisky.

Dann sagt er: „Ich finde die Idee super!

Julie, mein Baby, als Top-Model! Irre! Crazy!"

Tom trinkt sein Whiskyglas leer.

„Hey, Top-Model! Möchtest du mit mir tanzen?"

## Kapitel 46

Am nächsten Morgen sitzen Julie und die Familie beim Frühstück.

Jeden Sonntag gibt es „English Breakfast".

Julies Vater möchte das.

Er hat an der Universität von London studiert.

„English Breakfast" heißt: Viele Proteine, viele Kohlehydrate, viel Fett.

Null Vitamine.

Und viele Liter Tee.

Julie hasst „English Breakfast".

### Kapitel 47

Seit Tom der Freund von Julie ist, ist die
Situation in der Familie sehr kompliziert.

Ihr Vater spricht nicht mehr mit ihr.

Er ist Professor für Chemie und findet Tom
Asi.

Julies Mutter findet Tom attraktiv und vital.

Tom muss ihrer Mutter immer seine Muskeln
erklären.

### Kapitel 48

Angela, die Schwester von Julie, findet Tom
auch Asi.

Sie hört nur klassische Musik und lernt
Latein und Griechisch.

Ihr Freund trägt Anzug und Krawatte und ist
politisch konservativ.

Einmal hat Angela zu Julie gesagt: „Tom ist
unter aller Sau!"

Julies Schwester ist der totale Spießer.

### Kapitel 49

Julies Mutter fragt die Schwester: „Wie war
dein Abend?"

Angela erzählt: „Wir waren im Theater. Es war sehr gut! Shakespeare! Dann waren wir auf der Opernterrasse. Wir haben eine Schokolade getrunken."

„Igitt!", sagt Julie. „Schokolade am Samstagabend. Wie pervers!"

## Kapitel 50

Angela sagt: „Wir waren um halb zwölf zu Hause!"

Julie sagt: „Klar! Weil dein Freund so langweilig ist!"

Die Schwester lacht. Sie sagt zu ihrer Mutter: „Nicht so wie Julie. Die war um fünf Uhr zu Hause!"

Julie: „Ich hatte die interessantere Nacht!"

Angela: „Ich habe heute Morgen schon zwei Stunden Latein gelernt!"

Julie: „Wie langweilig!"

## Kapitel 51

Die Mutter fragt Julie: „Wie war dein Abend?"

„Gut! Ich habe einen Mann kennengelernt. Er heißt Marc."

Die Schwester sagt: „Jeder Mann ist besser als Tom!"

Julie reagiert nicht auf die Provokation.

Sie sagt: „Marc macht ein TV-Casting für Models. Er sagt, ich soll auch kommen."

## Kapitel 52

Die Mutter sagt: „Super Idee! Die Arbeit als Model ist interessant. Und sie bringt Geld!"
„Das finde ich auch!", sagt der Vater.
Julie ist total erstaunt.
Sie denkt: Aha! Mein Vater spricht wieder mit mir.

## Kapitel 53

Der Vater sagt: „Julie! Sieh mal: Du bist eine schöne Frau. Dein Körper ist dein Kapital! Aber das ist bei Tom schlecht investiert!"
Julie ist schockiert.
„Papa! Du warst politisch immer links. Du warst immer gegen den Kapitalismus und die totale Kommerzialisierung!"
Der Vater sagt: „Ja, ja. Aber die Frauen ..."
Die Mutter sagt: „Julie, dein Vater ist ein Macho!"
„Nein!", sagt die Schwester. „Papa ist clever. Er sieht die Differenz zwischen Schönheit und Intelligenz!"
„Du Ratte!", schreit Julie.

## Kapitel 54

Julie ist total wütend.

Sie rennt aus der Küche.

Sie nimmt ihr Fahrrad und geht aus dem Haus.

Sie ist sehr deprimiert.

Sie denkt: Alle möchten meine Schönheit zu Geld machen. Niemand fragt, was ICH möchte.

## Kapitel 55

Julie fährt den Rhein entlang.

Alle Männeraugen folgen ihr.

Alle paar Minuten ruft ein Mann etwas.

„Wow! Du bist so schön!" oder „Hallo Süße!"

Alle Männer sehen auf Julie.

## Kapitel 56

Julie sieht den Dom.

Julies Mutter ist katholisch.

Ihr Vater ist protestantisch.

Julie ist nicht sehr religiös.

Aber sie denkt: Der Dom ist ein guter Ort zum Meditieren.

## Kapitel 57

Julie geht in den Dom.

Sie setzt sich auf eine Bank.

Im Dom ist ein Schrein aus Gold.

In dem Schrein sind die Heiligen Drei
Könige: Caspar, Melchior und Balthasar.

Die Heiligen Drei Könige haben vor zwei-
tausend Jahren Jesus gesehen.

Vor achthundertfünfzig Jahren hat der
Kaiser Barbarossa ihre Reliquien dem
Erzbischof von Köln geschenkt.

Julie denkt: Sind in dem Schrein wirklich
die Knochen von Caspar, Melchior und
Balthasar?

## Kapitel 58

Der Dom ist eine gotische Kathedrale.

Er ist sehr hoch.

Es gibt schöne Glasfenster.

Ein Priester kommt vorbei.

Er sieht sehr lange auf Julie.

Julie denkt: Zu lange!

## Kapitel 59

Im Dom sind viele Leute.

Sie kommen von allen Kontinenten.

Von Europa, Afrika, Asien, Australien und
Amerika.

Vor dem Altar steht eine Kerze.

Julie sieht in die Flamme.

Sie denkt: Marc ist symphatisch. Ich gehe zum Casting.

Das Handy vibriert.

Es ist eine SMS von Petra.

Petra schreibt: Ich bin im Café Schulze. Kommst du auch?

### Kapitel 60

Julie geht aus dem Dom.

Vor dem Dom sind viele Touristen.

Sie fotografieren wie verrückt.

Eine Stimme sagt: „Hey! One moment, please!"

Julie dreht sich um.

Es ist ein Tourist.

Er hält eine Kamera auf Julie.

Er sagt: „Smile! Bitte!"

Dann macht er ein Foto.

Er sagt: „Pretty Woman!"

### Kapitel 61

Dann ruft er zu einer Gruppe von Touristen: „Hey! Look! Pretty Woman!"

Alle sehen auf Julie und rufen: „Pretty Woman! Pretty Woman!"

Sie kommen und machen Fotos.

Julie dreht sich um und geht.

### Kapitel 62

Julie fährt mit dem Fahrrad zum „Café Schulze".

Da sitzt Petra.

Sie ist nicht allein.

„Hallo Julie!", sagt Petra. „Das ist Klaus. Er studiert hier an der Universität."

„Hi!", sagt Klaus.

„Hi!", sagt Julie. „Was studierst du?"

„Spanische Literatur."

### Kapitel 63

Julie, Petra und Klaus trinken Latte Macchiato und sprechen über Spanien und Südamerika.

Dann sagt Klaus: „Ich möchte meine E-Mails checken."

Er geht zum Computer.

Das ist ein Service für die Gäste vom „Café Schulze".

### Kapitel 64

Julie erzählt Petra von Marc und dem Casting.

Petra sagt: „Gucken wir bei Google! Klaus, google mal »Marc Bischof«, bitte!"

Klaus sagt: „Moment ... ja ... hier: Marc Bischof. Produzent für Film, Mode und Werbung. Er war fünfmal verheiratet. Seine Frauen waren alle Models. Er hat eine High-Society-Diskothek in Düsseldorf. Er produziert ein Parfüm. Er geht auf Kokain-Partys. Sein Hobby ist Autos. Er fährt Formel eins. Er fährt einen Cadillac in Pink."

### Kapitel 65

Julie fragt: „Was denkt ihr?"
Petra sagt: „Das Casting ist DIE Chance deines Lebens!"
Klaus sagt: „Ich weiß nicht. Ich finde Studieren besser. Ein paar Semester an der Universität ist gut für die Persönlichkeit!"
Petra sagt: „Quatsch! Geld ist gut für die Persönlichkeit! Endloses Shopping, exotische Reisen, schöne Männer!"
Julie wundert sich über Petra. Diese Seite von ihr kennt sie nicht.
Julie denkt: Alle sind für das Casting. Nur Klaus ist gegen das Casting.

### Kapitel 66

Julie fährt mit dem Fahrrad weiter.
Sie fährt durch die Stadt.

Alle Männeraugen folgen ihr.

Viele Leute sitzen auf der Straße und trinken
Bier und Kaffee oder essen ein Eis.

Im Sommer hat Köln ein mediterranes Flair.

### Kapitel 67

Am Abend sitzt die Familie vor dem Fern-
seher.

Sie sehen „Star Wars" auf einem kommer-
ziellen Kanal.

Julie findet den Film gut, aber es gibt zu viel
Werbung.

Sie sagt „Gute Nacht!" und geht auf ihr
Zimmer.

Dort liest sie „Der Steppenwolf" von Her-
mann Hesse.

Sie fühlt sich sehr allein.

### Kapitel 68

Am nächsten Tag kommt Tom.

Er schenkt der Mutter eine CD mit Klassik-
Jazz.

Die Mutter ist begeistert.

Sie spricht lange mit Tom.

Sie möchte jetzt auch in ein Fitness-Studio
gehen.

Und plötzlich findet sie Hip-Hop „interessant".

### Kapitel 69

Sogar der Vater kommt aus seinem Arbeitszimmer.
Er sagt „Hallo" und gibt Tom die Hand.
Das hat er noch nie gemacht.
Nur die Schwester möchte Tom nicht sehen.
Sie bleibt in ihrem Zimmer und hört eine Kantate von Johann Sebastian Bach.
Extra laut!

### Kapitel 70

Tom trägt kein Muscle-Shirt.
Er trägt ein T-Shirt und ein Jackett.
In seinen Haaren ist kein Gel.
Der goldene Ring ist nicht an seinem Finger.
So hat Julie ihn noch nie gesehen.

### Kapitel 71

Im Auto macht Tom Musik an.
Es ist „Jump" von Van Halen.
„Tom, was ist los?", fragt Julie. „Du hörst normalerweise nur Hip-Hop."
„Das ist die Musik für unser neues Leben, Baby! Glamour Rock!!"

## Kapitel 72

Tom fährt zur Mittelstraße.
Da sind die teuren Geschäfte.
Tom nimmt Julies Hand.
Hand in Hand gehen sie von Boutique zu
Boutique.
Das hat Tom noch nie gemacht.

## Kapitel 73

Tom und Julie gehen in die beste Boutique.
Tom kauft Julie einen Mini-Rock und eine
Bluse im Western-Stil.
Dann kauft er ihr ein Paar extravagante
Schuhe.
Mittags essen sie Sushi.
Auch das hat Tom noch nie gemacht.
Normalerweise isst er Pizza und Hamburger.

## Kapitel 74

Dann gehen Tom und Julie zum Friseur.
Julie bekommt superblonde Haare und eine
coole Frisur.
Dann gehen sie zur Maniküre.
Dann kaufen sie einen enormen Ring im
arabischen Stil.
Das kostet viel Geld.
Aber Tom bezahlt alles.

Er sagt: „Das ist eine Investition in unsere Zukunft!"

### Kapitel 75

Tom sagt: „Ab morgen gehen wir zusammen ins Fitness-Studio. Jeden Tag! Wir spielen Tennis. Wir machen einen Plan für dein Essen. Jeden Abend musst du um einundzwanzig Uhr ins Bett."
Julie fragt: „Und wer kontrolliert das?"
„Ich! Ich bin dein Coach!"

### Kapitel 76

Tom und Julie gehen zurück auf die Straße.
Da geht Klaus.
Julie ruft: „Hallo Klaus!"
Klaus ist erstaunt. „Kennen wir uns?"
Julie wartet ein paar Sekunden.
Dann sagt Klaus: „Ah, Julie! Du siehst total anders aus."

### Kapitel 77

Tom sagt: „Super, nicht? Julie ist die perfekte Frau!"
„Ja, ja ...", sagt Klaus.
Tom: „Eine Frau muss ein geiles Outfit haben!"

Klaus schüttelt den Kopf. „Eine Frau muss eine Persönlichkeit sein! Sie muss eine Seele haben!"

### *Kapitel 78*

Tom fragt Julie: „Hey, wer ist das?"
„Das ist Klaus. Er ist Student."
Tom fragt Klaus: „Welches Auto fährst du?"
„Ich habe kein Auto. Ich fahre Fahrrad."
Tom ist irritiert. „Oh! Ist die Universität ein Kindergarten?"
Klaus sieht Tom erstaunt an.

### *Kapitel 79*

Dann sagt Klaus zu Julie: „Morgen ist Isabel Allende in Köln. Sie liest in der Universität. Hast du Lust zu kommen?"
Julie sagt: „Isabel Allende? Die Autorin aus Chile? Sie schreibt gute Bücher!"
„Morgen um zwanzig Uhr im Auditorium in der Uni!"
Dann sagt Klaus: „Tschüs!"

### *Kapitel 80*

In dem neuen Outfit sieht Julie nicht nur schön, sondern spektakulär aus.
Die Männer reagieren noch extremer.

Sie rufen „Wow!". Sie winken. Einer macht
eine obszöne Geste.

Ein Auto hält.

In dem Auto sind vier junge Männer.

Sie zeigen mit dem Finger auf Julie. „Mann!
Was für Titten!"

### Kapitel 81

Tom und Julie gehen zum Auto und fahren
nach Ossendorf.

Da ist das Casting.

Auf der Straße sind viele BMW und Mercedes.

Die Fenster sind weit offen und die Musik in
den Autos ist laut.

Lange blonde, schwarze, braune und rote
Haare flattern im Wind.

### Kapitel 82

Tom nimmt Julies Hand und geht in die
Halle.

In der Halle sind nur schöne Frauen.

Julie denkt: Wie in der TV-Serie „Bay
Watch".

Da ist Marc.

Er steht in der Gruppe der schönsten Frauen.

Alle versuchen mit Marc zu sprechen und
mit ihm zu flirten.

## Kapitel 83

In diesem Moment sieht Marc Julie.

Er ist wie elektrisiert.

Er kommt und sagt: „Du bist die QUEEN!"

Marc nimmt Julies Hand aus Toms Hand.

Er sagt: „Wir gehen jetzt in den Dressing-Room!"

Dann macht er eine Stopp-Geste zu Tom.

„Nur für Frauen!"

Er lächelt. „Und für mich!"

## Kapitel 84

Marc und Julie gehen in den Dressing-Room,
gefolgt von der Gruppe der schönsten Frauen.

Marc sagt: „Da ist die Kleidung für die Mode-
Show. In dreißig Minuten komme ich zurück."

Die Frauen sind allein.

Die schönsten Frauen der schönsten Frauen sind
eine Asiatin, eine Schwarzafrikanerin und eine
Araberin.

Aber sie sind Deutsche.

Sie sind in Deutschland geboren oder als Kinder
nach Deutschland gekommen.

## Kapitel 85

Alle Frauen sehen auf Julie.

Keine Frau spricht mit Julie.

Die Frauen sehen: Julie ist die Schönste.

Sie denken: Julie wird das Top-Model.

## Kapitel 86

Plötzlich sagt eine Frau mit roten Haaren:
„Dein Haar ist nicht natürlich blond!"
Eine andere Frau sagt: „Dein Gesicht ist
vulgär!"
„Du machst nicht genug Sport!"
Julie möchte weinen.
Aber sie sagt: „Ihr seid primitiv! In zehn
Jahren seid ihr frustrierte, dicke Haus-
frauen!"
Jetzt werden die Frauen total aggressiv.
Sie schreien: „Wie viele Beauty-Operationen
hast du gemacht?"
„Wie viel Gramm Silikon hast du im Körper?"
„Dein Arsch ist zu dick!"

## Kapitel 87

Die Frau mit den roten Haaren kommt zu
Julie.
Sie hat eine Tasse mit heißem Kaffee in der
Hand.
Julie denkt: Warum kommt die Frau mit dem
Kaffee zu mir?
Einen Meter vor Julie hat die Frau plötzlich
ein Problem mit dem Schuh.
Sie stolpert.
Der heiße Kaffee fliegt exakt in die Rich-
tung von Julies Gesicht!

Aber Julie hat eine gute Reaktion.
Sie springt zur Seite.

## Kapitel 88

Marc kommt in den Dressing-Room.
Er klatscht in die Hände. „Meine wunderbaren Divas! Die Show beginnt!"
Alle Frauen möchten mit Marc sprechen.
Aber Marc sieht nur Julie.
Er nimmt ihre Hand.
Er macht ihr Komplimente.

## Kapitel 89

Die anderen Frauen gehen auf den
„Cat Walk" und kommen wieder zurück.
Das Publikum applaudiert normal.
Dann ist Julie an der Reihe.
Sie trägt ein fantastisches schwarzes Kostüm mit neon-grünen Accessoires.
Die Schuhe sind silbern.
In den Ohrringen sind kleine Batterien.
Die Ohrringe machen Flash-Lights.
Auch in den Schuhen sind Batterien.
Auch die Schuhe machen Flash-Lights.
Die schöne Araberin sagt mit negativer Stimme: „Die sieht aus wie ein Airport!"

### Kapitel 90

Hinten am Kostüm von Julie ist ein Display.

Marc macht das Display an.

Auf dem Display kommt MTV.

Jetzt sagt die schöne Araberin nichts mehr.

### Kapitel 91

Julie geht auf den „Cat Walk".

Die Musik kommt.

Es ist „Jump" von Van Halen.

Julie lächelt wie Marilyn Monroe.

Aus ihren Schuhen und Ohrringen kommen
Flash-Lights.

Am Ende vom „Cat Walk" dreht sich Julie
um.

Jetzt sieht das Publikum das Display.

Alle rufen „Wow!" und applaudieren.

### Kapitel 92

Julie dreht sich noch mal um.

Sie drückt auf einen Ohrring.

Plötzlich sind ihre Haare rot!

In den Haaren sind rote Neon-Linien!

Die Leute springen auf und applaudieren
enthusiastisch.

Die Kameras zoomen heran.

Die Journalisten fotografieren ohne Ende.

### Kapitel 93

Julie geht zurück in den Dressing-Room.

Marc kommt.

Er sagt: „Julie! Du bist das absolute Top-Model! Du bist die schönste Frau meines Lebens! Ich liebe dich! Heirate mich!"

Da kommt Tom.

Er sagt: „Julie! Du bist galaktisch schön! Ich liebe dich! Heirate mich!"

Marc ist wütend. „Was machst du hier? Der Dressing-Room ist für mich reserviert!"

Tom ruft: „Julie ist meine Frau!"

### Kapitel 94

Marc sagt: „Du bist nicht der richtige Mann für Julie! Du bist ein S-Klasse-Prolet! Ich fahre einen Cadillac in Pink!"

Tom schreit: „Arschloch!"

Marc sagt zu Julie: „Ich bin der richtige Mann für dich! An meiner Seite wirst du ein Star! Haus in Monaco, Swimmingpool, Butler, Privatjet! Heirate mich!"

Tom geht vor Julie in die Knie.

„Marc hat Geld, aber er hat keine Seele! Ich liebe dich wirklich! Heirate mich!"

Marc schreit: „Primitives Schwein!"

Tom schreit: „Geldsack!"

Sie gehen in Boxposition.

### Kapitel 95

Julie explodiert.

Sie schreit: „Verdammt!"

Sie kickt die silbernen Schuhe weg!

Sie wirft die Ohrringe weg!

Sie reißt das Display aus dem Kostüm und
die Neonlinien aus den Haaren!

Dann rennt sie weg.

Barfuß. Ohne Schuhe.

### Kapitel 96

Julie nimmt ein Taxi.

Das Taxi fährt sie nach Hause.

Julie geht zu Vater und Mutter.

Sie sagt: „Ich gehe an die Uni! Ich möchte
studieren!"

Dann geht sie in ihr Zimmer.

Sie zieht das Kostüm aus.

Sie schneidet ihre schönen langen blonden
Haare ab.

Sie geht ins Badezimmer.

Sie duscht lange.

## *Kapitel 97*

Dann setzt sich Julie auf ihr Bett.

Sie sieht aus wie ein Skinhead.

Sie nimmt das Handy und schreibt eine SMS: „Ich komme zu der Literaturlesung von Isabel Allende! Gruß, Julie."

Ende